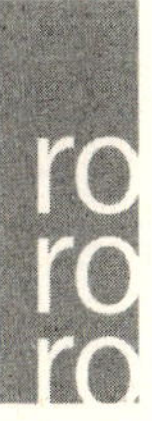

Péter Nádas, 1942 in Budapest geboren, ist Fotograf und Schriftsteller. Bis 1977 verhinderte die ungarische Zensur das Erscheinen seines ersten Romans *Ende eines Familienromans* (dt. 1979). Sein *Buch der Erinnerung* (dt. 1991) erhielt zahlreiche internationale Literaturpreise. Zuletzt erschienen der große Roman *Parallelgeschichten* und seine Memoiren eines Erzählers: *Aufleuchtende Details*.

Unter anderem wurde Nádas mit dem Österreichischen Staatspreis für Europäische Literatur (1991), dem Kossuth-Preis (1992), dem Leipziger Buchpreis für Europäische Verständigung (1995) und dem Franz-Kafka-Literaturpreis (2003) ausgezeichnet. 2014 wurde ihm der Würth-Preis für Europäische Literatur verliehen. Péter Nádas lebt in Budapest und Gombosszeg.

Péter Nádas

DER EIGENE TOD

Aus dem Ungarischen
von Heinrich Eisterer

Rowohlt Taschenbuch Verlag

Das Buch erschien 2002 zuerst, mit zahlreichen Abbildungen versehen, im Steidl Verlag, Göttingen.

2. Auflage Juli 2023
Veröffentlicht im Rowohlt Taschenbuch Verlag, Hamburg, Mai 2020

Lektorat Ingrid Krüger
Covergestaltung Anzinger und Rasp, München
Coverabbildung Péter Nádas
Satz aus der Janson Text, InDesign, bei Pinkuin Satz und Datentechnik, Berlin
Druck und Bindung CPI books GmbH, Leck
ISBN 978-3-499-00067-6

Die Rowohlt Verlage haben sich zu einer nachhaltigen Buchproduktion verpflichtet. Gemeinsam mit unseren Partnern und Lieferanten setzen wir uns für eine klimaneutrale Buchproduktion ein, die den Erwerb von Klimazertifikaten zur Kompensation des CO_2-Ausstoßes einschließt. Weitere Informationen finden Sie unter: www.klimaneutralerverlag.de

DER EIGENE TOD

Schon beim Erwachen merkte ich, dass nichts so war, wie es sein sollte, doch ich hatte in der Stadt viel zu tun, ich ging los. In diesen Tagen war es übergangslos warm geworden, ein regelrechter Sommereinbruch.

Prächtiges Wetter, redete ich mir zu, doch mein Körper sträubte sich. Wann immer möglich, wechselte ich auf die schattige Seite der Straße.

Zu Zeiten plötzlicher Wetterumschwünge heulen die Sirenen der Rettungswagen in jeder Großstadt unaufhörlich. Sowie der Ton der einen im Verkehrsgewühl erstirbt, nähert sich von anderer Seite gellend die nächste.

Ich verstand nicht, was vor sich ging.

Wenig später stand ich mit einer jungen Frau auf der Terrasse des Café Gerbaud, wo alle Plätze unter den weißen Sonnenschirmen besetzt waren. In der verfrühten Wärme hatten sich die Blätter der Platanen noch nicht entfaltet.

In diese rohe Mittagssonne könnte ich mich jetzt nicht setzen, das fühlte ich immerhin. Doch im Inneren des Cafés wäre es im dicken Rauch auch nicht besser gewesen. Die junge Frau wollte unbedingt in die Sonne. Wie sollte ich ihr begreiflich machen, dass mir nirgends wohl wäre, mit niemandem. Mit Widerwillen beobachtete ich, wie sie ihre von der Sonne bis in die Poren durchleuchtete, milchweiße Haut zur Schau stellte. Unterdessen spielte ich natürlich meine eigene Lebensrolle, den verständnisvollen und aufmerksamen Mann, obwohl ich mich unter den Strahlen der Sonne immer sonderbarer fühlte. Als könnte ich nicht richtig anwesend sein, weil ich immer unkontrollierbar woandershin rutschte. Ich soll eine Erklärung unterschreiben, die sie in meinem Namen aufgesetzt hat. Das Schriftstück blieb lange zwischen Kuchenteller und Mineralwasser auf dem Marmortisch liegen. Als wolle sie keinen Augenblick auf den Genuss der Sonne verzichten, erläuterte sie es mit geschlossenen Augen.

Sie präsentierte ihre blau bemalten, schamlos zitternden Lider.

Ich musste weiter, der Zahnarzt wartete. Während er in meinem Mund arbeitete, brach mir der Schweiß aus.

Zuerst trocknete ich mir nur die Stirn, womit ich ihn bei der Arbeit störte. Bevor er mit Bohrer und Spiegel in meinen noch weiter aufgerissenen Mund zurückkehrte und meine Zunge erneut zur Seite drückte, wies er mich an, den Mund weiter aufzumachen. Beim zweiten Mal musste ich mir schon Gesicht, Hals und Nacken abwischen, und seine Aufforderung klang noch strenger. Er konnte doch sehen, dass es noch weiter auf nicht ging. Dabei gab ich mir wirklich Mühe, mit dem ganzen Körper überließ ich mich dem Zahnarztstuhl. Trotzdem waren unter dem Latz, der mir um den Hals hing, Hemd und Hose klitschnass, ich konnte spüren, wie mir das Wasser die Beine hinabperlte. Ich sah, dass ihm vor kaum bezähmbarer Gereiztheit Tröpfchen auf der Oberlippe standen.

Und es nahm kein Ende.

Er bat seine Assistentin, eine ältere, gehetzt dreinblickende Frau, mich abzutrocknen.

Nicht nur die Stirn, ich bitte Sie, wies er sie gereizt zurecht. Ich sage doch, nicht nur die Stirn.

Ich muss erbärmlich ausgesehen haben, als ich schließlich aufstand. In solchen Situationen blickt man dem anderen höflich ins Gesicht und sonst nirgendwohin. Ich aber floh geradezu vor ihnen, hinaus aus der Praxis, das Treppenhaus tat dann gut, es war stumm und eiskalt. Ich stand in der offenen Korridortüre des fünften Stocks und wartete, bis mein aschgraues Seidenhemd einigermaßen trocken war.

Die kläffenden Höllenhunde wünschen, dass ich den Mund halte, dass ich nicht davon erzähle.

Außer dem Morgenkaffee und dem Mineralwasser vom Gerbaud hatte ich nichts im Magen, trotzdem stieg ein heftiger Brechreiz in mir hoch. Möglicherweise eine Nikotinvergiftung, dachte ich. Das darf ich vielleicht erzählen. In den letzten Wochen war ich außerstande gewesen, so wenig zu rauchen, dass es nicht zu viel gewesen wäre.

Ein paar Bücher in einem nahe gelegenen Hotel abgeben. Druckfahnen abholen, die bis zum nächsten Morgen korrigiert zurückgebracht werden müssen. Eine Hand am Haltegriff, las ich stehend in der Straßenbahn.

Sie bellen und jaulen aus Leibeskräften, damit ich die passenden Sätze nicht finde.

Der Mittwochnachmittag war schon weit fortgeschritten, als mir beim Aussteigen aus einer anderen Straßenbahn der Gedanke kam, dass ich alles Weitere telefonisch absagen sollte. Ohne größere Schwierigkeiten überquerte ich die Fahrbahn, doch auf dem Gehsteig ging es in dem irren Licht einfach nicht mehr. Als wären meine Knie und Knöchel zu weich zum Gehen.

Man hat keine blasse Ahnung, was im eigenen Organismus vor sich geht. Wieso kann ich nicht weitergehen, ich verstehe das nicht, ich bin doch nicht ohnmächtig. Man muss sich damit abfinden, es ist einfach nicht zu erklären. Am besten so tun, als wäre alles in schönster Ordnung. Anerzogenen Handlungsmustern folgen und die Realität des eigenen Zustandes leidenschaftlich leugnen. Unterdessen kritisch unter den möglichen Ursachen wählen. Alles ist zu komplex. Das Problem ist, dass mir heiß ist und ich schwitze. Dass ich unfähig bin, äußere und innere Komplikationen zu entwirren. Es gibt Ursachen, die so peinigend sind, dass man sie nach den Regeln des inneren Monologs nicht einmal vor sich selbst anzudeuten wagt, darum sind auch die ursächlichen Zusammenhänge nicht durchschaubar. In letzter Zeit habe ich zu viel gearbeitet, sagt man, ich bin angespannt, sagt man, ich bin erschöpft. Oder schwitzt man nicht deshalb, fragt man sich, weil man wieder von allem und allen angeekelt ist. Man flüchtet sich hinter Ausdrücke, die auch andere gebrauchen und die einem schon zum Hals heraushängen.

Ohne die Erinnerung der Seele ist der Körper nicht zu verstehen.

Vor dem Hotel Gellért blieb ich stehen, und so komisch es auch klingt, meine physische Kraft reichte nicht aus, die sanfte Steigung des Gehsteigs zu bewältigen.

Man ist natürlich erfreut, mit welchen zweifelhaften Überraschungen der Körper aufwartet, bewundert sich auch gleich selbst, zu welchen Sensationen man im letzten Moment des Lebens doch imstande ist. Der Schmerz hatte eine unbekannte Intensität. Ich hoffte aufrichtig, nicht aus Überraschung vor aller Augen zusammenzuklappen. Mir kam auch der Gedanke, dass mich eventuell der Hunger geschwächt haben könnte.

Wenn ich jetzt in das Bierlokal des Hotels gehe, ersticke ich.

Das Restaurant im ersten Stock ist erheblich teurer, dafür wesentlich besser belüftet. Aber dazu müsste ich die Treppe hinauf.

Der intellektuellen Freude über die Sensationen des Körpers wurden durch den Grad des Schmerzes Grenzen gesetzt. Ich überlegte, was tun, wie den Schmerz in den Griff bekommen, um peinliches Aufsehen und zudem eine hohe Rechnung zu vermeiden. Doch im Gefolge des Schmerzes hielt eine in dieser Heftigkeit unbekannte Angst Einzug. Unwiderstehlich, wie Nebel im Winter. Sie suggeriert, das wird nicht gutgehen, du wirst nicht davonkommen, du entgehst deinem Schicksal nicht.

Neugierig blicke ich ihr in die starblinden Augen, sehe deutlich, es ist die Angst des Körpers, nicht meine, nicht die der Seele, Todesangst also. Jetzt kann ich sehen, was die Eigenschaften meines Ich und diejenigen meines Körpers unterscheidet.

Ich war einundfünfzig, auf dem Gipfel meiner geistigen und körperlichen Leistungsfähigkeit, würde ich sagen, wäre ich nicht in diesem Moment von dort herabgestürzt.

Kein Tag, an dem ich mir nicht meinen gewaltsamen Tod vorgestellt hatte, ich wurde umgebracht oder brachte mich selber um, doch der Gedanke, ich könnte nicht gesund sein, war mir nur höchst selten gekommen, denn ich hatte in dem weit verbreiteten Irrglauben gelebt, dass Ängste keine Mahnungen des Körpers, sondern Hervorbringungen der Seele sind, mit denen man fertigwerden kann.

Nach Beendigung meines Tagewerks habe ich regelmäßig mit meinen beiden Händen gearbeitet, Unkraut gejätet, gehackt, gemäht. Mehr, als ich auf schonende Weise produziere, wollte ich von den Gütern der Welt nicht verbrauchen. Ich glaube nicht, dass ich auch nur zweihundert Gramm zu viel auf die Waage brachte. Tierisches Fett, Fleisch aß ich kaum, hauptsächlich Gemüse, Obst, alle möglichen Körner. Ich wollte die Erde nicht übermäßig mit meiner Existenz belasten. Zugegeben, geraucht habe ich zu viel und während der Arbeit auf nüchternen Magen Unmengen von Kaffee getrunken. Das Ausmaß des Verzichts wird letztlich von der Neurose bestimmt, oder umgekehrt, das Ausmaß der Ängste steckt die natürliche Grenze der Selbstdisziplin ab. Ich hackte Brennholz, mauerte, pflanzte Bäume, verrichtete sämtliche schwereren Arbeiten, die auf dem Land in einem überwiegend auf Selbstversorgung ausgerichteten Haushalt anfallen.

Wenigstens viermal in der Woche bin ich im Gelände gelaufen. Wann immer sich die Gelegenheit bot, bin ich geschwommen. Auf den Banketten stark ansteigender oder abfallender Landstraßen lief ich bis in die Nachbardörfer. Ich lief im Frühlingsregen und im Schnee, ich lief durch trocken duftende Wälder und bei kaltem Vollmond zwischen blühenden wilden Kirschbäumen. Acht Kilometer war das kleinste Tagespensum, etwa vierundzwanzig das größte. Mit nüchternem Verstand war nicht zu begreifen, warum ich auf einer Steigung stehen bleiben musste, die höchstens ein Greis bemerkt.

Nach einer Weile wurde es besser, ich konnte weiter.

Ich lief nicht nur in heimatlichen Gegenden. Zusammen mit dem Strom der Atemluft nahm ich fremde Städte und Landschaften in mir auf. Wenn man, wie Lovelock, nicht mit den Beinen, sondern mit dem Kopf läuft, werden Art und Maß der erwünschten Muskelarbeit durch den Atemrhythmus bestimmt. Die gleichmäßige Atmung hält den Anblick in der Erinnerung des Läufers fest. Und wenn er seine Aufmerksamkeit gleichmäßig auf die Strecke zwischen ihm und dem Horizont verteilt, muss er sich nach einiger Zeit auch nicht mehr um seine körperliche Befindlichkeit kümmern. Der Anblick ist stärker als sein Körpergefühl. Durch wüste, sandgraue, nach Pflanzenschutzmitteln stinkende Spargelfelder lief ich hinüber nach Holland. Auf von Tau triefenden, wilden Feldwegen lief ich nach Frankreich. Es bereitete mir eine elementare Freude, ungestraft über die Staatsgrenze zu laufen.

Einzig mit meinem glühenden Körper, mit meinem bloßen Atem hätte ich mich ausweisen können.

Ja, das bin ich, wirklich.

Im Bierlokal bestellte ich sofort Mineralwasser. Während ich so tat, als würde ich bedächtig die Speisekarte studieren, zündete ich mir eine Zigarette an. Auch ein Glas Rotwein ließ ich kommen. Ein einziger tiefer Zug, danach lange, aschgraue Stille. Ich blieb mit ihr allein, Atemnot ist ihr Name. Die Zigarette konnte ich noch ausdrücken und den stinkenden Aschenbecher wegschieben, dann das Nichts, das absolute Nichts. Geschirr klappert, an den Nachbartischen wird mit großer Hingabe geplaudert, der beleibte junge Kellner eilt schwebenden Schrittes mit einer Tasse Suppe an dir vorbei.

Eine Tasse brühheißer Suppe bleibt auf dem Tisch zurück.

Du verstehst nicht, was geschieht, hast noch nie Ähnliches erlebt, trotzdem weißt du genau, man nennt es Todesschweiß. Eiseskälte an der Oberfläche deiner eigenen Glut. Indessen siehst du, dass sich nichts um dich herum verändert hat, bekommst aber doch mit, dass der Unterschied zwischen deinen Wahrnehmungen und den Wahrnehmungen der anderen größer ist als gewohnt und zu erwarten.

Ich bin mit einem Phänomen konfrontiert, das nur mich betrifft, die anderen nicht.

Schon am frühen Morgen war ich sehr weit von ihnen entfernt, nun offenbar noch weiter.

Ihnen tritt keine Hitze aus den Poren, deren Oberfläche ein eiskalter Panzer ist.

Ich hätte wirklich nicht gedacht, dass mir wildfremde Menschen so nahestehen, jetzt aber begriff ich mit vor Todesangst geweiteten Augen, dass wir uns immer aneinander orientieren und in jedem Augenblick unsere eigene Lage an derjenigen der anderen messen und die der anderen an uns selbst.

Lange saß ich reglos vor der heißen Suppe am weiß gedeckten Tisch im Bierlokal.

Ich wurde nicht unruhig, denn ich verfolgte mit klarem Kopf, wie die Todesangst von jeder Faser meines Körpers Besitz ergriff. Aber ich wäre erfreut gewesen, wenn mir jemand zu Hilfe gekommen wäre. Irgendjemand. Wo ist jemand. Der pochende und stechende Schmerz in meiner rechten Schulter und an der Innenseite des Schulterblatts zog mich so in seinen Bann, dass ich kaum jemanden hätte ansprechen können. So etwas nennt man Knochenschmerz. Er kommt nicht aus dem Knochen, er geht in ihn hinein. Auf seinen dunklen Schleichwegen aus den unbekannten Tiefen des Körpers hat er keine von Nervenenden durchzogenen Organe berührt.

Er schien die Knochenhaut an ausgesuchten Punkten getroffen zu haben.

In Wirklichkeit geschah nichts anderes, als dass infolge von Verengungen und Krämpfen in verschiedenen Verzweigungen der Herzkranzgefäße der Kreislauf stockte.

Und um nicht laut aufzustöhnen oder zu winseln, versuchte ich meine Aufmerksamkeit auf die schmerzfreie Realität anderer zu richten.

Türen und Fenster standen offen, ich konnte sehen, dass ein leichter Lufthauch die weißen Vorhänge ansog, aufbauschte, anhob. Es waren nicht viele Gäste anwesend. Wenn ich sie ansah, konnte ich den Schmerz des Körpers und seine Angst mit Anstand ertragen. Der Oberkellner stand im weißen Anschwellen und Absinken der Vorhänge. Auf seine Art beobachtete, verfolgte auch er, was mit den anderen geschah. Er hätte nach einer Erklärung suchen müssen, warum ich meine Suppe nicht anrührte. Doch er wendete sich lieber ab.

Auch Wasser kann man nur hinunterschlucken, wenn man Luft hat. Es ging nicht, weil die platzenden Kohlensäureblasen es nicht durch meine Kehle ließen. Den Aasgeruch, den die Suppe verströmte, den Gestank verbrühter Hühnerfedern fand ich ekelhaft. Heute weiß ich, dass der Rotwein mir geholfen hat. Er stank nach Kork und Fass, eigentlich hätte ich ihn ausspucken oder zurückschicken sollen, trotzdem brachte ich davon mehr hinunter als vom Wasser oder von der Suppe. Nach einiger Zeit erweiterte er die verengten Herzkranzgefäße, wodurch die Herzmuskulatur wieder ein klein wenig Sauerstoff bekam.

Ich breitete die Druckfahnen aus, um mich, während die unsinnig heiße Suppe abkühlte, an die Korrekturen zu machen und nicht an meinen Todesschweiß, an meinen Ekel oder meinen Schmerz zu denken. Doch meine Augen verweigerten den Dienst, möglicherweise streikte meine Brille. Bald konnte ich die Buchstaben, bald die Zeilen nicht zueinander bringen oder auseinanderhalten, dunkle Flecken tauchten auf und verschwanden, auch durch Selbstbeherrschung oder manisches Brillenputzen war dem nicht abzuhelfen.

Ich saß da im eiskalten Versagen meiner Erziehung.

Etwas später gelang es mir trotzdem, einen anderen hartnäckigen Entschluss auszuführen, nämlich aufzustehen, und zwar ohne Aufsehen, und mit sicheren Schritten in den Waschraum zu gehen, um mich im Spiegel zu betrachten. Ich duldete, aber ich wollte sehen, was es war. Doch im Spiegel sah ich vor allem, dass sich jemand selbst betrachtet. Das Überraschende daran war nicht, dass ich mich in den sich beobachtenden Augen nicht wiedererkennen konnte, sondern die wächserne, aschgraue Gesichtsfarbe. Ich blickte sogar zur Decke, um festzustellen, ob etwa das Neonlicht diesen Effekt hervorrief. Der Anblick entsprach nicht der Empfindung, und umgekehrt, die Empfindung des Körpers entsprach nicht dem Anblick, und das Licht war banal genug, um keine Erklärung zu liefern. Diese Diskrepanzen bereiteten mir Schwindel. Auf dem wächsernen, aschgrauen Gesicht waren keine Schweißtropfen zu entdecken. Das war nicht ich, obgleich ich eigentlich nichts anderes hätte sehen dürfen als mein Spiegelbild.

Höchst seltsam war auch, dass ich in dem geschlossenen Raum nicht weniger Luft spürte als draußen, wo doch Fenster und Türen offen standen.

Als wäre einem die Nase komplett verstopft, während man auch durch den Mund keine Luft bekommt.

Ich drehte den Wasserhahn auf, putzte mir gründlich die Nase, wusch mir rasch das Gesicht. Um wieder zu spüren, was ich sehe. Ich sah im Spiegel, dass mein Gesicht nass war. Sogar meine Züge erkannte ich darin, aber mit meinen Empfindungen blieb ich weit entfernt.

Es gab keine Luft.

Trotzdem gelang es mir ohne Mühe, an meinen Tisch zurückzukehren. Wenn die Bewegung der Luft die Vorhänge aufbläht und mit sich zieht, dachte ich mir, dann sei auch mir ein wenig Luft vergönnt, irgendwo muss es ja welche geben. Nicht dass ich nicht geatmet und deshalb keine Luft bekommen hätte. Ich atmete. Vielleicht kommt mit der Luft nicht so viel Sauerstoff herein, wie für die Bewegungen notwendig wäre. Schon wieder bin ich der Unmäßige, auch das ging mir durch den Kopf, oder es geht im Universum etwas Außergewöhnliches vor. Andererseits wusste ich, dass ich nicht zur Kenntnis nehmen wollte, was ich empfand, und insofern in der Tat wieder unmäßig war. Und während ich in die unsichtbaren Luftmassen starrte und darüber nachdachte, wurde offenbar, dass ich aus Luftmangel auch die gebackenen Champignons nicht würde essen können. Noch immer stand der Oberkellner dort vor der spiegelnden Holzverkleidung, eingetaucht in die anschwellenden und absinkenden weißen Vorhänge. Noch mehr Zeit zu verlieren, war nicht angebracht. Ohne jede Schwierigkeit hob ich den Arm, um ihm zu winken.

Es gab für mich so wenig Luft in der Luft, dass es keinen Sinn hatte, länger darauf zu warten. Ob ich wohl noch aufstehen kann? Es gelang problemlos, ich konnte meine Sachen ordentlich zusammenpacken, die Zeitungen, die Druckfahnen, die Brille, meinen Schreibstift. Es begann mich auch sehr zu interessieren, ob ich es mit so wenig Sauerstoff bis zum Kellner schaffen und in meinem Panzer aus kaltem Schweiß genug Zeit haben würde, zu zahlen und auf die Straße zu kommen. An die Luft. Ich langte ohne weiteres bei ihm an, sagte ihm, dass ich gern zahlen und möglichst bald gehen würde, zuvorkommend erklärte ich ihm, dass ich mich nicht besonders wohl fühlte. In seinen Augen sah ich Panik aufblitzen, jetzt endlich drang ihm ins Bewusstsein, was er schon zuvor an meinem Gesicht und an meiner Haltung wahrgenommen hatte.

Nicht hier soll ich ihm ohnmächtig werden, er überstürzt sich, nicht hier soll ich den Löffel abgeben, sondern draußen auf der Straße. Abwehr und Entsetzen beanspruchen jeden seiner Gesichtszüge. Er möchte zu rechnen beginnen, findet aber mit seiner fahrigen Hand die Zahlen nicht.

Auch draußen gab es keine Luft für mich, trotzdem wurde ich von der Freude beflügelt, im Freien zu sein, endlich war ich die anderen los. Obwohl ich doch alles ihretwegen gemacht habe. In den ersten zehn Jahren seines Lebens wird der Mensch durch Liebesentzug und Verweigerung der Betreuung dazu gebracht, anderen nicht mit den Phänomenen seines organischen Lebens zur Last zu fallen. Ich erfüllte alle meine Pflichten, die Komödie war vollkommen, ebenso wie mein Erfolgserlebnis. Die Freude darüber machte fühlbar, wie weit sich mein Bewusstsein von der Realität physischer Empfindungen entfernt hatte.

Ich stand mit meiner Freude außerhalb meiner selbst.

Doch in Wirklichkeit musste ich mich in einem bleigrauen Brei fortbewegen, dessen Hitze die Eiseskälte meines Körpers nicht lindern konnte.

Es gelang mir, die andere Seite des verkehrsreichen, lärmerfüllten Platzes zu erreichen, wo ich erfolgreich in ein hässliches gelbes Taxi stieg. Es stank nach getrocknetem Schweiß, unrasierter Haut und billigem Tabak. Um ein Haar wurde man von den abgenutzten Federn des Sitzes aufgespießt. Ich schaffte es, das Fenster herunterzukurbeln, dabei blieb die Kurbel in meiner Hand. Es gelang mir, sie wieder einzupassen. Viel Luft bekam ich zwar nicht, aber der starke Zug kühlte mir wenigstens das Gesicht, den Hals und unter dem aufgeknöpften Hemd die Brust. Mein Magen rebellierte, aber ich schaffte es immer im letzten Moment, nicht zu erbrechen. Das Taxi raste in irrwitzigem Tempo durch den dichten Nachmittagsverkehr. Ich wünschte mir höchstens, dass es noch beschleunigt, damit wir möglichst bald ankommen. Oder irgendwo hineinkrachen, dann gibt es einen großen Knall, und es wird endlich völlig dunkel.

Als ich zahlte, hatte ich das Gefühl, wieder einmal davongekommen zu sein.

Jede Bewegung war genau kalkuliert, dem Fahrer fiel nichts auf, auch das gelang mir.

Ich schaffte es, über den Hof zu gehen, ich schaffte es, die Nachbarin so zu grüßen, dass sie nicht versuchte, ein Gespräch anzuknüpfen. Zwar mit Schwierigkeiten, aber ich kam die Treppe hinauf, auch die passenden Schlüssel fand ich.

In der von der Sonne aufgeheizten Wohnung fühlte ich mich sicher, geschehe, was wolle. Die Sicherheit des Schlupfwinkels ist wichtiger als Luft. Weit weg sein von allem und allen. Der Mensch ist zu sehr von sich eingenommen, um seinen Egoismus, mit anderen Worten seine animalische Natur zu akzeptieren. Ich dachte aber auch an absolut niemanden. Es gab keine Luft. Ich dachte auch nicht daran, dass ich an jemanden denken sollte oder dass es ein Wesen auf der Erde gibt, an das ich nicht denke. In der Stunde seines Todes bleibt der Mensch tatsächlich allein, was aber als Gewinn zu verbuchen ist.

Eine unheimliche Kraft presste von innen gegen mein Brustbein, während es meine Schulterblätter nach außen drückte, es tat weh, als sollten mir, nach so vielen Jahren als gewöhnlicher Sterblicher, plötzlich Flügel wachsen. Bevor ich starb, wollte ich mir wegen der anderen wenigstens noch den Todesschweiß abwaschen. Auch das gelang mir. Die anderen traten an die Stelle namentlich bekannter Personen. Der Schmerz ließ nicht nach, auch mein Schlüsselbein tat weh, sehr sogar, trotzdem verlieh mir die Dusche neue Kräfte. Vielleicht bleibt genug Zeit, den Fahnenabzug zu korrigieren. Aus irgendeinem Grund war diese Korrektur nun wichtiger als alles andere, dass ich damit fertig bin, wenn ich nicht mehr bin. Ich zog frische Wäsche an, der Leute wegen, die mich finden würden.

Luft indes war nirgends in der Wohnung zu finden.

Ich streckte mich für einen Moment auf dem Sofa aus, obgleich ich wusste, dass mir nicht viel Zeit blieb. Auf dem warmen Samt bekam ich noch weniger Luft. Wenn man sich nicht bewegte, war gerade damit auszukommen.

Im Begriff, einzuschlummern, ging mir noch durch den Kopf, dass beim Erwachen ohnehin wieder alles in Ordnung sein werde, und den Abzug würde ich auch noch ordentlich korrigieren. Hätte mich nicht dieser gnadenlose Luftmangel aufgeschreckt, wäre ich auch schon im selben Moment eingeschlafen. Es war unmöglich, die Lebensfunktionen so weit herunterzuschrauben, dass so wenig Luft reichte. Gegen den plötzlichen Herztod hätte ich nichts einzuwenden gehabt, aber es war klar, dass ich die anhaltenden Schmerzen und den sich eindeutig verschlimmernden Luftmangel nicht ohne ärztlichen Beistand würde ertragen können.

Na schön, dachte ich bei mir, als setzte ich einer leicht durchschaubaren Komödie ein Ende.

Ich musste einsehen, dass ein Nachmittagsnickerchen bei einem Infarkt nichts hilft. Aber ich übereilte nichts, denn ich fürchtete mich nicht vor dem Tod, der erfüllte höchstens meinen Körper mit Schrecken, nur den Schmerz und den Luftmangel konnte ich nicht aushalten. Die Drähte meiner Empfindungen laufen dort zusammen, wo mein Bewusstsein arbeiten sollte. Bei solchen Schmerzen kann auch das Bewusstsein nicht klar bleiben. Allerdings hoffte ich insgeheim, vom Schicksal doch noch eine Chance auf einen schnellen Tod zu bekommen, wenn ich noch eine Runde durchhalte. Damit wäre unnötiger Wirbel vermieden. Langsam erhob ich mich in diesem großen, leeren Raum vom Sofa, es gelang mir, das Fenster zu erreichen. Ich öffnete es. Der andere in mir, der statt meiner den Körper beaufsichtigte, wollte zwecks sicherer Diagnose noch zwei Experimente durchführen. Tatsächlich wurde die Luft durch das Öffnen des Fensters nicht mehr, sondern weniger. Genau um so viel, wie die Bewegung verbraucht hatte.

Nicht, dass mir schwergefallen wäre, dem Bedarf entsprechend schneller oder auch tiefer zu atmen, das alles konnte ich.

Ich hörte meinen eigenen vertieften, in raschem Rhythmus pfeifenden Atem.

Es gab in der Luft keine Luft, darin bestand mein Problem. Die Menge der Luft war konstant, und mit dieser Tatsache konnte mein Bewusstsein nichts anfangen. Die vorhandene Luft reichte nicht aus, die normalen Lebensfunktionen aufrechtzuerhalten. Was die Situation nicht leichter erklärbar machte. Je energischer die Atmungsorgane arbeiteten, je mehr sich der Herzschlag beschleunigte, desto weniger Luft bekam ich. Das erwies sich als völlig neue Erfahrung und Erkenntnis. Ich betrachtete die Menschen auf der Straße. Für sie gab es genug Luft in der Luft. Sie bemerkten gar nicht, dass sie genauso viel davon haben, wie für ihre Schritte nötig ist.

Der andere in mir will in dieser heiklen Frage auf Nummer sicher gehen.

In der gelben Medikamentenschachtel findest du ein Röhrchen mit einigen vergilbten Pillen. Die Todesangst hat den Weg frei gemacht, hat ermöglicht, dass ich mich daran erinnere. Wenn die nicht wirken, brauchst du auch keinen Arzt mehr. Es war keineswegs so, dass die Gegenstände, die Erscheinungen und die fremden Menschen in meinen Augen an Realität verloren hätten. Ich fand das Medikament und platzierte es vorschriftsmäßig unter meiner Zunge. Das aus fachlichen Gründen als obligatorisch anzusehende doppelte Sehen hatte meinen Realitätssinn schon des Öfteren beeinträchtigt, deswegen musste ich auch meinen eigenen Wahrnehmungen gegenüber misstrauisch bleiben. Am Zungenansatz verläuft eine Ader, die vena lingualis, das gefäßerweiternde Nitroglyzerin kann an dieser Stelle leicht durch die Gefäßwand diffundieren. Kaum dass es sich aufgelöst hatte, zerstreute seine Wirkung jeden Zweifel. Der Luftmangel gab sich, die Oberfläche der Hitze starrte nicht länger vor Kälte.

Meine Schmerzen hatten kaum nachgelassen.

Als ich auf die Uhr blickte, war es zehn nach sieben, auch das überraschte mich gründlich, demnach musste ich immerhin eine ganze Stunde geschlafen haben.

Mein Puls war zwar zählbar geworden, ich wollte aber lieber nicht wissen, wie hoch er war.

Solange ich genug Luft habe, um Schmerzen zu empfinden, solange ich mein Urteilsvermögen nicht eingebüßt habe, schaffe ich es vielleicht noch auf die andere Straßenseite, wo der Kreisarzt bis acht ordiniert.

Und damit können wir ein neues Kapitel aufschlagen.

Bereits im Rettungswagen bekam ich eine Infusion, unter großem Sirenengeheul wurde ich ins Sankt-Johannes-Spital gebracht.

Über die Infusion werden mir verschiedene Medikamente verabreicht, damit versuchen sie, die Schmerzen zu lindern, die Angst zu lösen, die Verschlüsse zu beseitigen, die von den steckengebliebenen Blutklumpen und den Gefäßkrämpfen herrühren. Das ist wirklich brav von diesen Ärzten. Allerdings lässt sich nicht immer entscheiden, ob der eingetretene Tod durch den Infarkt oder ihre Therapie verursacht worden ist.

Was aus dem Blickwinkel des Todes in der Tat herzlich egal ist, aus der Sicht der Ethik der Lebenden bei weitem nicht.

Am Moskauer Platz blieben wir stecken, Verkehrsinfarkt, es war keineswegs ermutigend, im Inneren des Wagens zu hören, wie verzweifelt die Sirenen inmitten des gewaltigen Staus meinetwegen heulten.

Solange mein Kopf so klar ist, kann es schon nicht so schlimm um mich stehen.

Wenn der Blutstrom in den Herzkranzgefäßen ins Stocken gerät, bekommt das Herz nicht genug Sauerstoff. Eine sehr junge Rettungsärztin fuhr mit, sie erzählte von sich, erklärte, aber im Grunde wollte sie nur das Gespräch in Gang halten. Ein Arzt kann nicht tatenlos zusehen, wie der Herzmuskel abstirbt. Der muss vierzigtausendmal am Tag schlagen, sich zusammenziehen, wieder ausdehnen, du aber lebst dein Leben und weißt nicht, was in deinem Organismus vorgeht. Sie redete mir richtiggehend zu, sie wollte nicht, dass ich mich aufregte. Dabei fiel ihr doch gerade meine bedenkliche Ruhe auf. Die anderen gehen, wie es sich gehört, du aber schleppst dich zwischen ihnen dahin. Eine hinreichend große Veränderung, um sich darüber aufzuregen. Ein Wildfremder sagt dir, was sich in deinem Brustkorb abspielt, du weißt es nicht.

Nur mit Mühe hatte ich die andere Seite der Tárnok-Straße erreicht.

Es ist keine Luft da, die du atmen könntest, obwohl die Welt offenkundig voller Luft ist. Das Manöver beanspruchte mich dermaßen, dass ich mich, endlich drüben angekommen, an den Häuserwänden abstützen und entlanghangeln musste.

Zum Glück fiel ich nicht auf. Oder die Leute taten, als würden sie mich nicht bemerken, um mir nicht helfen zu müssen. Die Nächstenliebe ist nicht etwas, das jederzeit, in Bezug auf jedermann zur Verfügung steht. Ziemlich bestürzend, inmitten der anderen zu existieren.

Meine Verbindung mit allen anderen ist größtenteils abgerissen.

Das unwillkürliche sinnliche Erfassen hat so lange eine Auswirkung auf das Bewusstsein, als man die Erfahrung der anderen zu der eigenen in Beziehung setzen kann und sie in reflektierter Form speichert. Jedenfalls gingen die Menschen an mir vorbei. In der humanitären Nacht arbeitete mein Bewusstsein auf Sparflamme, deswegen fällt es mir bis heute schwer, mich zu erinnern, wie ich den Weg bis zur Arztpraxis zurücklegen konnte.

Je mehr ich mich anstrengte, umso tiefer das Dunkel, wenn ich aber haltmachte, wurde es bald wieder hell. Ich sah, dass es in meiner Heimatstadt dämmerte, warm, rot und staubig. Das Bewusstsein hat sein eigenes Selbstverteidigungssystem, es muss mit den verbliebenen Kräften ökonomisch umgehen. In Notlagen belastet der Körper das Bewusstsein nicht mit Panik, und die Todesangst, die mich soeben noch auf die Gefährdung meiner physischen Existenz aufmerksam gemacht hat, suspendiert mit Bedacht ihre Tätigkeit.

Es war durchaus sinnvoll, sich an die Häuserwände gedrückt voranzuarbeiten. In der Dunkelheit, die einen massiven Strömungswiderstand aufwies, hätte ich sonst nicht Richtung halten können. Es erwies sich nämlich als schwierig, das Ende der Straße zu erreichen. Ohne besondere Ungeduld schleppte ich mich dahin, aber wie einer, der sich kaum erinnert, woher er kommt und wohin zum Teufel er will. Ganz zu schweigen vom Schmerz, aber von dem zu sprechen, hat keinen Sinn. Alles hängt davon ab, wie groß die Durchlässigkeit der Verengungen ist.

Zur Verbesserung dieser Durchlässigkeit gibt es verschiedene Methoden, verschiedene Medikamente. Eines davon ist Streptokinase, es wird durch Infusion verabreicht. Wiewohl diese braven Ärzte im Voraus wissen, dass der Organismus in gewissen Fällen mit einem anaphylaktischen Schock auf ihren Lebensrettungsversuch reagiert. So auch bei mir. Der Blutdruck fällt rapide ab.

Infolge der Verringerung des Blutdrucks kommt die Durchblutung der Herzkranzgefäße zum Stillstand.

Die von der Sauerstoffzufuhr abgeschnittene Herzmuskulatur zittert mit hoher Frequenz, in Ermangelung von Schlägen transportiert sie kein Blut, das Kammerflimmern ist eingetreten. Der Sinusknoten, der den individuellen Rhythmus bestimmt, den persönlichen Rhythmus jedes Menschen, hört in größter Verwirrung auf, den Takt anzugeben, und damit ist es zumindest vorübergehend mit der Herztätigkeit vorbei. Man verliert das Alltagsbewusstsein, obwohl ich im Gegensatz zu den Ärzten nicht behaupten würde, dass man das Bewusstsein verliert. Mein Geist war wacher als je zuvor.

Und nun nimmt etwas höchst Interessantes seinen Anfang, es geschieht etwas Phantastisches, das ist es, wovon eigentlich erzählt werden soll.

Es läuft etwas ab, das äußerst schwer in Worte zu fassen ist, denn in dem Zustand, der dem Tod vorausgeht, verliert die herkömmliche Zeitrechnung nahezu ihre Gültigkeit. Ein großer Lichtschalter wird betätigt, der Hauptschalter.

Womit Sehen, Wahrnehmen und Denken keineswegs aufhören. Jedoch knüpfen diese parallel ablaufenden Funktionen die neu erworbenen Eindrücke nicht an die üblichen Begriffe von Zeit.

Im Universum herrscht Zeitlosigkeit. Man könnte es Allerlebnis nennen.

Das wird vom Bewusstsein mit solcher Bereitwilligkeit akzeptiert, als hätte es nicht erst eine vorläufige Kenntnis davon, sondern wäre durch ein früheres Erlebnis damit vertraut. Durch dieses neue Wissen werden die kleineren Zeiteinheiten und -strukturen unterscheidbar, die irgendwann Zeitspuren im Bewusstsein hinterlassen haben, einer Zeit zugeordnet waren und es im All der Zeitlosigkeit schwebend noch immer sind. Deine einstigen Erlebnisse schweben als Schatten von Planeten mit dir.

Es wird nicht vollkommen dunkel. In der gleichmäßigen Dunkelheit herrscht eine seltsame, gewissermaßen abstrakte Dämmerung. Gegenstände und Konturen gibt es nicht mehr, der Gegenstand der Anschauung ist das Denken.

Der Lichtmangel ruft ein nahezu heimeliges Gefühl hervor, während man, auf die Gegenständlichkeit der Gedanken angewiesen, darin schwebt. Mich jedenfalls traf er nicht unvorbereitet.

Raum kann man ihn guten Gewissens nicht nennen. Das Medium, in dem ich mein vergangenes Leben überblickte, befand sich samt seinem zeitlichen Gefüge im unübersehbaren All der Zeitlosigkeit. Wohin ich, sieh an, nun heimgefunden hatte. Alle bisher gefühlten Gefühle und alle Wahrnehmungen waren präsent, mit sämtlichen Geschmäcken und Gerüchen, jedoch ohne dass ich etwas davon spüren konnte. Mit dem Fühlen,

Riechen und Schmecken, dem ganzen großen sinnlichen Theater war es vorbei. Was aber nicht bedeutete, dass meine Gefühle inhaltsleer geworden wären. Ich sah. Ich erinnerte mich.

Das von der körperlichen Empfindung gelöste Bewusstsein nimmt als seinen letzten Gegenstand den Mechanismus des Denkens wahr.

Anscheinend hatte ich mit dem Mechanismus des eigenen Denkens ein Leben lang ins Nichts hinausgestarrt, das Allgefühl jedoch niemals richtig zur Kenntnis genommen. Mein Sehen kannte keine zeitlichen oder räumlichen Grenzen mehr. Die Einzelheiten meines Lebens standen nicht mit der Geschichte meines eigenen Lebens in Zusammenhang. Eine solche Geschichte gibt es und gab es nämlich nicht. Was mich unendlich überraschte.

Also deswegen habe ich so krampfhaft nach der Position der Einzelheiten in der ganzen Geschichte gesucht, sagte ich mir. Sie sind nicht an den Raum, nicht an die Zeit geknüpft, wo ich sie vermutet habe. Das Leben des Einzelnen beginnt tatsächlich nicht mit der Geburt und endet nicht mit dem Tod, wie soll es da ein aus Einzelheiten aufgebautes Ganzes sein. Jetzt verlasse ich den chaotischen Schauplatz der Einzelheiten. Doch mein Bewusstsein, mit dem ich die zu verschiedenen Zeiten und an verschiedenen Orten ablaufenden Ereignisse überhaupt erst erfassen und beurteilen kann, ist mit der Unendlichkeit verknüpft. Was ich abermals mit jener Überraschung zur Kenntnis nahm, die nur auf der

Hand liegende Dinge auslösen können. Ich nahm etwas zur Kenntnis, was ich schon vorher gewusst hatte. An der Schwelle meines Todes kann ich das körperliche Dasein mit seinem Input und Output in seiner Struktur überblicken, sagte ich mir, weil die Wahrnehmung von vornherein über die Zeitlichkeit hinausgeht und nicht an die Räumlichkeit gebunden ist. Mir war, als würde ich plötzlich begreifen, was Rilke mit den stummen Engeln wollte, die uns über die Schulter schauen. Das rein sinnliche Erfassen hat mit seiner neutralen Anschauung immer schon von dort herübergesehen, wohin ich nun glücklich und verstummt zurückkehre.

Es begleitet mich.

Ich ertappe mich dabei, dass ich sehe, denke, aber nicht gemäß den beschränkten Gegebenheiten des Körperlichen registriere.

Der letzte Gedanke durchschaut die Struktur meines Bewusstseins.

Was eigentlich als traurige Vergänglichkeit aufzufassen wäre, beurteilt mein Intellekt mit größtmöglicher Kontemplation, denn es ist mit der Erfahrung der anderen nicht mehr zu vergleichen. Kein Gegenstand des Diesseits, ich suchte auch gar keinen, hätte diese unendliche Verzückung vermitteln können, nach der ich mich in meinem mit den anderen geteilten körperlichen Dasein immer unendlich gesehnt habe. Ich habe sie nie erlangt. Höchst amüsant und symptomatisch fand ich, dass ich die letzte Erfahrung mit niemandem würde teilen können. Mein Leben hat nur aus ein paar vom Glück begünstigten Augenblicken bestanden, in denen ich immerhin erfühlt habe, was es ist, dessen Nähe man suchen sollte.

Mit dieser Erkenntnis reißt es mich mit sich.

Jetzt geschieht es.

Das Ich wird zu dem, dachte ich noch, was früher ohne Körper war und nun auf ewig ohne Körper sein wird. Inzwischen wusste ich nicht nur, dass «jetzt» und «geschehen» bedeuten, dass ich sterbe, ich sah auch, wie die Lebenden im Namen ihrer unglücklichen Gemeinschaft fachgerecht und leidenschaftlich versuchten, mich in den Reihen der Ihren zu behalten.

Um einige wichtige Details verständlich zu machen, muss ich in der Chronologie zurückgehen.

Zum Hintereingang des Krankenhausgebäudes, wo ich an stinkenden Mülltonnen vorbei in dunkle Korridore gebracht und mitsamt der Infusionsnadel in meiner Vene auf ein fahrbares Bett verfrachtet worden war. Die Rettungsleute riefen in die widerhallenden Gänge, ohne Erfolg, niemand vom Krankenhauspersonal zeigte sich. Allerdings stellten sie irgendwen neben meinen Kopf, der mittlerweile den Infusionsbeutel mit der Flüssigkeit hochhalten sollte. Anscheinend waren noch andere anwesend, sie pafften ihr billiges Kraut, greisenhafte Gesichter glotzten mir entgegen, Frauen und Männer. An ihren wachen Blicken, die aus ihren verquälten Zügen hervorleuchteten, erkannte ich, dass wahrscheinlich kaum noch Leben in mir war.

Was er wohl hat, fragte jemand, als spräche er mit einem Schwerhörigen. Na was wohl, sind Sie denn blind, einen Infarkt hat er, sehen Sie das nicht, antwortete der Schwerhörige.

Sie reden, als hätten Sie nicht selber auch einen gehabt, hörte ich über meinem Kopf gereizt und übermäßig laut.

Sie können auch einen kriegen, nur keine Angst. Schämen Sie sich, so mit mir zu sprechen.

Dann schlurften sie wortlos um mich herum, um einander schließlich zu anderen Themen zu überbrüllen.

Nach einer Weile erschien eine blond gefärbte große Frau in kurzem, weißem Kittel, sie verzehrte eine stattliche Gurke. Die dunklen Haare waren schon ein gutes Stück nachgewachsen, das Rot auf ihren Lippen infolge des Schmausens verschmiert, die rot lackierten Nägel an ihren kräftigen Händen abgebrochen. Während aus einem entfernten Zimmer die lautstarken Erklärungen und das Gelächter der Rettungssanitäter drangen, griff die große, an ihrer Gurke knabbernde Frau nach meinem Bett und rollte es mürrisch in einen riesigen Saal.

Passen Sie mit dem Beutel auf, rief sie dabei, weil wir mehrmals an Türstöcken und Wänden anstießen.

Sie können sich wieder in Ihr Bett legen, Herr Pödrös, rief sie, als wir in der Mitte des Saales angekommen waren.

Sie nahm dem Greis den Infusionsbeutel aus der Hand und warf ihn auf ein Gestell.

Wir bedanken uns schön, lieb von Ihnen, das haben Sie wirklich gut gemacht.

Sie warf mein Jackett hinterdrein, das gleichfalls der Greis gehalten haben mochte.

Aber sehen Sie sich doch mal Ihren Pyjama an, Sie haben sich schon wieder arg angepinkelt. So viele Pyjamas kann Ihre Tochter gar nicht bringen, wie Sie vollpinkeln.

Lachend ließen sie mich allein.

Hinter nachlässig zugezogenen grünen Vorhängen erwarteten andere ihr Schicksal, ein wenig röchelnd, ein wenig pfeifend, lauter oder leiser ächzend und stöhnend.

Die riesigen, staubigen Fenster waren geschlossen. Dahinter war ein Kesselhaus zu sehen, aus einem langen, ins Nichts ragenden Eisenrohr schoss ein fauchender Dampfstrahl.

Im toten Neonlicht sah ich zwei leere Betten.

Luft gab es nicht.

Klappernd mit ihren ausgetretenen, dreckigen weißen Pantoffeln kam die große träge Frau zurück, nahm mein Jackett und verschwand damit ohne ein Wort.

Meine Lage gestattete mir nicht, Meinungen oder Gefühle zu äußern, aber ich begriff, wohin ich geraten war. Alte Geräte knatterten, schnauften, hinter den grünen Vorhängen wurden Daten aufgenommen, Medikamente, Papier und Tinte dosiert.

Die Große kam wieder träge angeklappert und verschwand mit meinem Sakko im grünen Labyrinth der Vorhänge, sie schimpfte, dass sie in der ganzen Abteilung keinen einzigen gottverfluchten Kleiderbügel fände. Ihre Verwünschungen klangen wie ein Selbstgespräch, als könnte niemand sie hören. Was das für eine verdammte Scheiße ist. Obwohl sie doch zu mir sprach, das war klar, sie vertraute mir an, gab mir zu verstehen, dass sie mir freundlich gesinnt sei, allerdings würde ich hier kein leichtes Leben haben. Rohe Menschen äußern ihre Zuneigung oft auf diese Weise. Sie ließ die Türen von Metallschränken knallen, dann klapperte sie abermals davon, und es wurde still. Ich schloss die Augen, um noch weniger anwesend zu sein.

Jemand durchdrang mich mit seinem wunderbaren Blick.

Eine menschliche Gestalt stand am Fuße des fahrbaren Bettes, ein kleiner Mann, zart wie ein Halbwüchsiger. Unter seinem offenen Mantel trug er eine weiße Hose und ein weißes Hemd am schmächtigen Leib. Dünne Arme und Beine, vielleicht ein kleines Kugelbäuchlein. Mit gespannter, erregter Aufmerksamkeit hob er seinen im Neonlicht glänzenden, vollkommen kahlen Schädel. Mein Blick ließ ihn unbeirrt, denn er betrachtete mich mit seinen kindlich weit aufgerissenen Wissenschaftleraugen wie eine Erscheinung oder einen Gegenstand. Er war ergriffen, hingerissen, seine tierhafte Aufmerksamkeit wechselte zwischen ihrem Gegenstand und seiner Intuition oder sagen wir einfacher, seinem ersten Eindruck hin und her. In seiner Aufregung hob er beide Hände zu den Lippen, als würde er beten. Seine Erscheinung vermittelte etwas zutiefst Asketisches, nicht nur seine Aufmerksamkeit, sondern auch das kaum zu verheimlichende Entsetzen, das er angesichts der Schöpfung empfand, seine Hühnerknochen, die dünne, gebogene Nase, die langen, zarten Finger. Trotzdem flößte er mir sofort Angst ein. In Wahrheit war er ein gehetztes Wild, das die anderen mehrmals am Tag aus ihrer Mitte vertreiben.

Als die große Krankenschwester träge klappernd zurückkam, weil sie schließlich doch einen Kleiderbügel für mein Jackett gefunden hatte, wich er sogleich erschrocken zur Seite.

Keine Angst, ich schließe alle Ihre Sachen ordentlich weg, sagte die Frau, als würde sie versichern, dass zumindest sie nichts stehlen wird. So ein teures Jackett, sagte sie neugierig und voller Anerkennung, das darf man nicht einfach so über einen Haken schmeißen. Im Handumdrehen werde man mich ausgezogen haben, sagte sie, ich würde gar nichts davon merken. Sie lachte, wie gut es mir gleich gehen werde, und brüllte unvermittelt auf den Korridor hinaus, einen Frauennamen, mehrmals, ungeduldig, aber die Betreffende kam nicht. Den Infusionsbeutel werde man geschickt durchfädeln, sagte sie und fragte, aus welchem Material mein Jackett sei. Ich hätte es ihr sagen können, aber mir kamen die nackten Worte Seide und Kaschmir unmäßig vor. Lieber sagte ich ihr, ich hätte keine blasse Ahnung. Dann erschien doch jemand und machte sich über meinem Kopf mit dem Infusionsbeutel zu schaffen. Sie bugsierten ihn tatsächlich geschickt durch meinen Hemdärmel, während sie gemeinsam wild über die Frau schimpften, nach der die große Krankenschwester vergebens gebrüllt hatte. Die zur Situation absolut nicht passende schwarze Miniunterhose war alles, was sie mir am Leib ließen. Auch die Armbanduhr nahmen sie mir ab. Jetzt machen Sie sich steif, schrie die Große, und fast unmerklich hievten sie mich auf das Krankenbett.

Da lag ich hingestreckt. Draußen pfiff der Dampf. Alles haben sie mir weggenommen. Stumm tropft die Infusion in mich hinein.

Es mochte ungefähr halb zehn sein.

Könnte ich doch in diesem höllischen Stimmengewirr reden. Polyhymnia, Mutter allen Erzählens, hilf mir mit alltäglichen Worten über den Styx.

Als hätten sie in ihren Verstecken auf diesen Augenblick gewartet, tauchten auf einmal Leute auf, von mehreren Seiten, sie eilten vom Korridor herein, traten zwischen den grünen Vorhängen hervor. Einer kam aus einer Seitentür, die ich bis dahin gar nicht bemerkt hatte. Sie zapften mich regelrecht an, ließen mein Blut in etikettierte Reagenzgläser fließen, befestigten die Sauger und Gurte der EKG-Leitungen an Brustkorb und Handgelenken, ersetzten den Beutel mit der Infusionsflüssigkeit, pumpten an meinem Arm. Der von meiner physischen Existenz faszinierte Arzt mit dem scharf beobachtenden Blick trat ein, ihm folgte in respektvollem Abstand ein junger Mann mit pechschwarzem Haar. Als er sich über mich beugte, fielen ihm die fettigen Strähnen in die schwarzbehaarte Stirn. Auf seinem Kinn und seinen starken Backenknochen glänzten ölig dichte Borsten, die weiten Krater der Poren auf seiner Nase waren voll von schwarzem Fett. Wenn der eine meine Herzschläge abgehört hatte, tauschten sie den Platz, und der andere hörte sie ab. Wenn ich dem einen die Zunge herausstrecken musste, dann musste ich sie auch dem anderen herausstrecken. Wir bewegten uns gewissermaßen stotternd auf das bekannte Ergebnis zu. In den kurzen Pausen zwischen den Prozeduren stand die Große immer am Fußende des Bettes und stellte Fragen. Meine Antworten trug sie in die Vordrucke ein, die sie auf das Fensterbrett gebreitet hatte. Manchmal wies sie die zwei Krankenschwestern gereizt zurecht, dies und das sei nicht so, sondern so und so zu machen.

Noch gereizter knurrte sie den kahlköpfigen Arzt an. Er könne wirklich so lange warten, bis der Kranke einen Satz beendet habe.

Sie fragte, wer im Notfall zu verständigen sei.

Meine Frau, antwortete ich, als ich den Atem nicht mehr anhalten musste.

Die Telefonnummer soll ich ihr sagen.

Es erschien mir freilich sicherer, das nicht zu tun. Umsonst würde ich sie bitten, nicht in der Nacht anzurufen. Neben der Korrektur der Fahnen war mir das jetzt das Wichtigste. Wie ich sie schonen könnte. Letztlich gar nicht. Wenigstens ihre Nachtruhe retten. Sie ist zweihundertzwanzig Kilometer von hier entfernt, wenn sie jetzt angerufen wird, muss sie tatenlos auf den Morgenzug und die schreckliche Abreise warten.

Ich würde Sie lieber bitten, sagte ich, das Notizbuch aus der Innentasche meines Jacketts zu nehmen und einen Freund von mir anzurufen.

Sie möge ihn bitten, in meine Wohnung zu gehen, den Schlüssel habe er, und bis morgen früh mit dem Manuskript die Druckfahnen zu korrigieren. Mit dem Manuskript, schärfte ich ihr ein. Die Große staunte ein wenig, aber eigentlich gefiel ihr die ungewöhnliche Aufgabe. Der Arzt und sein Famulus entfernten sich unterdessen lautlos, auch die Krankenschwestern eilten davon, weil hinter den grünen Kulissen jemand immer heftiger Atem holte. Ein gräuliches Gelärme und Geschrei erhob sich rund um das Röcheln. Etwas fiel herunter, das metallene Gerät zerbarst auf dem Steinboden, woraufhin mehrere Personen hinter dem Vorhang hervorstürzten und wieder verschwanden. Jemand schlitterte, um schneller zu sein, mit stolz erhobener Spritze über die Fliesen des Krankensaals.

Unerwartet trat vollkommene Stille ein.

Wenig später kehrten Arzt und Famulus zufrieden zurück, der Arzt hielt triumphierend eine volle Spritze in die Höhe. Unverzüglich stieß er die Nadel in den Gummischlauch, der die Infusionsflüssigkeit transportierte.

Behutsam drückte er den Inhalt bis zum letzten Tropfen hinein, einige Augenblicke beobachteten sie die Wirkung auf meinem Gesicht. Unterdessen tauchte die Große wieder auf und verkündete lauthals, dass seine Versuche zwecklos seien.

Langsam verliere sie die Geduld.

Veranlasst vom Ächzen des Sterbenden, verschwanden die beiden wieder zwischen den grünen Vorhängen.

Sie werde es später noch einmal versuchen, jetzt aber müsse sie wirklich mit der Datenaufnahme zu Ende kommen. Aber keine Angst, auf meinen Freund sei sie nicht sauer.

Auf wen sie denn sauer sei, fragte ich.

Gereizt antwortete sie, ich solle ihr lieber sagen, ob ich täglich Stuhl habe.

Habe ich.

Der Herrgott solle sie davor bewahren, setzte sie so laut hinzu, dass man es auch hinter den Vorhängen verstehen konnte, zusammen mit solchen Geschaftlhubern

Dienst zu tun. Dann erkundigte sie sich nach Farbe und Beschaffenheit meines Stuhls.

Wir waren mit den Fragen noch nicht durch, als der Arzt mit dem Famulus auftauchte, sie brachten abermals eine gefüllte Spritze.

Die Große klapperte unverzüglich davon, aber im Gehen beruhigte sie mich noch, ich brauche keine Angst zu haben, sie versuche nochmals, meinen Freund anzurufen.

Schließlich ist man ja dankbar, dass einem fremde Menschen helfen. Wie behutsam sie dir etwas in den Leib drücken, das wird sicher zu deinem Besten sein.

Sie standen am Fußende des Bettes und beobachteten stumm mein Gesicht.

Irgendetwas haben sie losgetreten. Das ist der erste Eindruck. Als hätte jemand einen Abzug oder einen Staubsauger von elementarer Kraft eingeschaltet, aber versehentlich nicht auf Saugen, sondern auf Blasen gestellt. Außer mir gibt es noch etwas, das mit unglaublicher Kraft in meinem Körper spürbar wird. Der Stein ist ins Rollen gekommen.

Ich sah noch die Große zurückkommen, mit tiefer Verachtung machte sie einen Bogen um die Ärzte. Ich war schon dabei, abzutreten.

Anscheinend ein ganz schöner Herumtreiber, Ihr Freund, sagte sie mit einem heftigen Zucken ihrer Schultern. In Wirklichkeit hatte sie auch unbekannterweise ihre Freude an meinem liederlichen Freund.

Solch große Frauen können roh und brutal sein. Sie lassen ihre blond gefärbten Haare herunterwachsen, sie bringen das verschmierte Rot auf ihren Lippen nicht in Ordnung, es interessiert sie nicht, ob der blutrote Lack auf ihren Fingernägeln abgesprungen ist, aber man ist ein offenes Buch für sie. Sie will meine Befragung anhand der Vordrucke fortsetzen.

Ein anerkennendes Lächeln war noch von mir zu haben.

Der Tod reißt uns tatsächlich mit, wir verlassen unser Leben.

Mit sich selbst ist man nicht alleine. Ich gerate in den Wirkungskreis des anderen, meine Seele nimmt mich mit sich.

Worunter man sich keineswegs etwas Luftiges vorstellen darf, sondern etwas Starkes und Essenzielles.

Ich gebe Ihnen doch lieber die Telefonnummer meiner Frau, sagte ich sehr vernehmlich.

Die Große machte große Augen und griff nach Notizbuch und Bleistift. Ein wenig erschrocken, ein wenig geringschätzig starrte sie auf mich herab, anscheinend versuchte sie, mir vom Gesicht abzulesen, was in mich gefahren sei, welche Überraschungen ich noch für sie bereithalten würde. Ich hätte ihr gern mitgeteilt, dass ich jetzt stürbe, was ich ihr nicht ersparen könne. Jetzt also trete ich ab, das war tatsächlich mein Gedanke.

Doch ich wollte sie nicht mit überspitzten Ausdrücken in Schrecken versetzen, außerdem hatte ich nicht viel Zeit für Erklärungen.

Ich habe das Gefühl, äußerte ich vorsichtig, dass ich ohnmächtig werde.

Diese fachlich unbedingt angebrachte, präzise und wohlbedachte Wortwahl verschlang solche Mengen an Energie und Zeit, beziehungsweise der Stein war so mächtig ins Rollen gekommen und alles aus den Fugen geraten, dass es zum Aussprechen der Telefonnummer nicht mehr reichte. Wodurch ich im Augenblick meines Todes unglaublich lächerlich wurde. Wie der alte Geizkragen im Märchen, mein liebes Kind, stöhnt er mit dem letzten Atemzug, weil er noch ein großes Geheimnis loswerden will.

Den großen Topf mit dem geraubten Gold habe ich drei Schritte vom großen Wildbirnenbaum vergraben.

Er weiß es noch, kann sich aber nicht länger halten. Es machte mich glücklich, dass die erhabenen Dinge demnach tatsächlich so banal wie im Märchen sind. In diesem beglückenden Bewusstsein trat ich ab, aber ich sah noch, wie die Große Notizbuch und Bleistift von sich warf und aus dem Bild rannte. Die beiden Männer in Weiß stürzten sich mit aufgerissenen Augen und Mündern auf mich.

Die gigantische Kraft hatte mich dorthin mit hinübergenommen, von wo ich zurückblickte, und das faszinierte mich jetzt wirklich.

Mit elementarer Freude erfüllte mich, dass es mir gelungen war, ich hatte sie noch mit dem letzten Atemzug gehörig belogen.

Ich konnte noch sehen, wie der Famulus das Gestell mit der Infusion packte, das umzustürzen drohte, weil sich der andere auf meinen Brustkorb geworfen hatte. Es hätte die Nadel aus meinem Arm gerissen.

Sehen wir lieber, wo wir uns in Wirklichkeit befinden.

Dir wird ein Ganzheitserlebnis zuteil, wie es in dieser jämmerlichen Schattenwelt höchstens mit religiöser Verzückung oder den Ekstasen der Liebe vergleichbar ist. Und bei den Frauen wahrscheinlich mit dem Gebären. Die mutigeren von ihnen bekennen, dass während der Geburt Freude und Schmerz ineinanderfließen, wodurch ein erotisches Abenteuer von kosmischen Dimensionen daraus entsteht. Ich bewegte mich hinaus, nicht infolge irgendeiner Anziehung oder eines Versprechens, sondern weil die Kraft der Schöpfung mich wahrnahm. Die Ganzheit realisiert sich selbst in dir. Sie nahm mich mit. Nicht aus meinem Bewusstsein heraus, wie die Ohnmacht, sondern in mein Bewusstsein hinein. Eine immense Kraft trug mich mit sich, sie wirkt innen und außen zugleich, deswegen wird eine solche Unterscheidung auch für das Bewusstsein überflüssig. Wir waren über alles Persönliche und Leidenschaftliche hinaus. Man wird ausgezogen; so wie man auf dem Laken liegt, ist jeder Körperteil jederzeit für jegliche lebensrettende Intervention zugänglich. Schmerz, Luftmangel, Todesangst und ein Puls von zweihundert verhindern nicht, dass eine narzisstische und exhibitionistische Zufriedenheit durch das Körpergefühl hervorschimmert.

So übel mache ich mich wohl doch nicht.

Auch auf dem Totenbett fügt sich der Mensch ordentlich in die sadomasochistische Grundstruktur des Lebens ein. Bereitwillig liefert er sich aus, noch mit seinem letzten Atemzug nimmt er Rache.

Aber die Telefonnummer kommt ihm nicht mehr über die Lippen. Der Film reißt. Ich sehe das Bett nicht mehr, auch nicht die große Krankenschwester. Der große Hauptschalter ist betätigt worden. Ein anderer Film schließt sich an. Schweben im All. Nicht zu leugnen, es hat etwas von der Freude großer geistiger Erkenntnisse oder großer Liebesvereinigungen. Vorzeiten war mir das bekannt, dennoch habe ich es mir zu Lebzeiten anders vorgestellt. Aha. Die Kraft wirkt außerhalb von mir und in mir, sie bläst mich fort und saugt mich in sich auf, ich bin nicht mehr Körper und deshalb auch nicht länger weder an das verstandesmäßige noch an das emotionale Erfassen gebunden. Irgend so etwas. Ich weiß, ich sterbe jetzt. Was mir weder Freude noch Schmerzen bereitet. Keinerlei Gefühl, das mir bekannt ist. Doch ich vergesse auch nicht. Am ehesten ließe sich noch sagen, dass sich die Wahrnehmung der Zeit öffnet, aber zugleich nach vor und zurück. Die Gegenwart des Todes kennt weder räumliche noch zeitliche Grenzen. Ich weiß, was geschehen wird. Wenn ich will, kann ich sehen, was geschieht, und ich weiß genau, was geschehen ist.

Ich erlebe die Totalität meiner Erinnerung, und mit meinem Raumempfinden ergeht es mir ebenso. Sie sind ineinandergeschrieben. Geistig der grandioseste androgyne Zustand, ein euphorischer Zustand. Gott ist leider in der Totalität der Zeit nicht zu entdecken, ich muss einsehen, dass er nicht existiert, ich habe mich getäuscht. Wie lächerlich war ich mit meiner ganzen menschlichen Leichtgläubigkeit. Ein peinlicher Irrtum. Doch die

Kraft ist mächtiger als jede menschliche Vorstellung. Sie zu denken mochte die Erdenschwere meines Körpers verhindert haben. Die Kraft der Schöpfung nimmt mich wieder in sich auf. Während in meinem Bewusstsein die Zeitrechnung noch funktioniert, blicke ich auf sie zurück, während ich ihre isolierten Schichten und Ereignisse hinter mir lasse. In der Zeitlosigkeit hat das Vergessen keinen Platz. Im Augenblick des Todes laufen die Ereignisse des Lebens innerlich noch einmal ab, pflegt man das mangels einer besseren Formulierung zu nennen. Ehrlich gesagt läuft gar nichts ab. Aber man kann sie endlich klar überblicken, denn in der Zeitlosigkeit hat auch die Erinnerung keinen Platz. Ein Leben lang hat man sie nicht verstanden, weil man Körper und Seele niemals als Einheit gesehen hat.

Durch den Körper bleibt die Seele unberührt.

Das bedeutet, dass sich mit dem Tod abtrennt, was schon zuvor nicht zu dir gehört hat, wahrscheinlich nichts anderes als das begriffliche Denken. Damit bist du mit den anderen verknüpft gewesen. Frei werden, zuerst von den ewigen Körperempfindungen, dann vom Denken, das man für so wichtig gehalten hat. Rückkehr zu einem Urzustand, wo es kein begriffliches Denken gibt, weil der Unterschied zwischen Anschauung und Empfindung aufgehoben ist. Das Denken fällt ab, die Wechselbeziehungen zwischen den mentalen und kognitiven, sinnlichen und emotionalen Inhalten des Bewusstseins bestehen nicht mehr, und damit wird gleichzeitig bildhaft, im Hirnstamm, erfassbar, wie diese Bewusstseinsinhalte unabhängig von der gewöhnlichen Geschichte meiner Persönlichkeit mit der Heimat der Schöpfungskraft verbunden sind, mit jener universellen Struktur, die auch für die reine Anschauung nicht einsehbar ist. In der ungarischen Sprache gibt es leider kein Verb, das auf dieses schicksalhafte Geschehen passen würde.

Es handelt sich um eine einzige, kurze Schwenkbewegung. Sich von irgendwo herüberdrehen und dadurch irgendwo hingeraten. Das Deutsche hat dafür ein anschauliches Verb. Umkippen. Im Französischen lässt sich ebenfalls ein geeignetes Wort finden, basculer.

Herauskippen, aus dem dunkel dämmernden All, wo alles beisammen ist, Geborgenheit, Kraft, hinüberstürzen.

Sich aus der Geborgenheit, dem Kosmos der Kraft herausbewegen, überwechseln, sich ablösen vom einzig möglichen Urzustand.

Ich kippe um, gerate hinein, obwohl ich keinen Begriff davon habe wohin, wo ich hineingerate, hineinkippe. Die Kraft stößt mich aus einer dämmrig dunklen Leere heraus, ich kippe irgendwohin, wo es Entfernungen gibt, Luft hingegen nicht, eine Grenzlinie schon, aber an diese Dinge knüpfen sich keine selbständigen Begriffe.

Indessen gelangt ein blendendes Licht in den Raum des Bewusstseins.

Verglichen mit dem Urzustand ist es auf jeden Fall fremd. Das ist so zu verstehen, dass das Universum sinnlich mit jedem seiner Partikel bekannt, aber begrifflich vollkommen unbekannt ist. Die Kraft gibt meiner Bewegung eine Richtung. Sie hat mich aus dem bekannten Kosmos der Unendlichkeit hinausbefördert. Das Hinüberwechseln, das Hinausbefördern, die Bewegung, die Veränderung des Raums geschieht zum ersten Mal, zum ersten Mal sehe ich, dass die Bewegung eine bestimmte Richtung hat. Trotzdem hat vieles einen Namen. Nicht alles. Mit der Erfahrung eines an begrifflichem Denken reichen Lebens blicke ich auf das zurück, woran ich mangels Begriffen nicht denken kann, denn es geschieht ja zum ersten Mal. Nicht mit meinen Begriffen fasse ich auf, was ich erstmals erlebe, sondern lasse die Erfahrung des Abstrahierens arbeiten. Worüber sich in der diesseitigen Sprache sagen ließe, dass es mich kosmisch überrascht hat. Denn folglich gibt es abstraktes Denken auch jenseits der Ebene des begrifflichen Denkens.

Das Zuerst und das Zuletzt sind nicht voneinander zu trennen.

«Sie gebären rittlings über dem Grabe.»

Von der Ebene der Abstraktion zurückblickend, bereitete mir das tiefe kollegiale Bewusstsein, dass Samuel Beckett sich tatsächlich nicht geirrt hat, unaussprechliche Freude. Meine Mutter hat meinen Leib geboren, ich gebäre seinen Tod.

Noch nie habe ich Licht gesehen, kenne seinen Namen nicht.

Zwar ist Gott auch im Universum des Lichts nicht auffindbar, dennoch ist Licht für ihn die glaubwürdigste Metapher. Für das interpretierende Verstehen bedeutete es einen amüsanten kleinen Vorteil, dass ich mich in meinem früheren Leben nicht nur als Schriftsteller mit dem Wert und der Bewertung der Worte beschäftigt hatte, sondern auch als Fotograf mit der Natur des Lichts.

Es kommt aus einer fernen Lichtquelle und verbreitet einen diffusen Schein. Eine Kraft trägt mich ihm entgegen, durch die Geschwindigkeit der Annäherung wird für das zurückblickende Bewusstsein die Absicht kenntlich. Die Kraft wird mich mit ihm vereinigen. Mein Tod wird meine Geburt sein. Die Beschaffenheit des Lichts hat sich durch die Annäherung nicht verändert, nur seine Beurteilbarkeit hat sich verbessert. Es ist eine indirekte, sozusagen verschleierte Helligkeit, als hätte man eine Mattscheibe vor die in Wahrheit sehr starke Lichtquelle geschoben.

Das Licht bricht sich am stark gekräuselten Saum einer ovalen Öffnung.

Wie man an einem trüben Tag tief im Inneren einer Höhle in Richtung ihres Eingangs blickt. Bis dorthin ist der Weg noch weit, wie weit, ist nicht abzuschätzen. Es ist ein unbekannter Weg, man hat ihn noch nie zurückgelegt.

Auch die eigene Person, die irgendwann irgendwas tun oder beurteilen müsste, kennt man nicht.

Man wüsste gar nicht, was der Weg zu bedeuten hat, würde man von der Kraft nicht so unaufhaltsam auf die Lichtquelle zubewegt.

Doch dadurch erhält man Kenntnis von seinem unbewussten Selbst, die Konstanz des Lichts bezeichnet seine Position.

Das ist also der Weg der Geburt, sagt man zu sich selbst, wirklich sehr spannend, quittiert man befriedigt. Ich werfe sogar einen Blick hinaus aus der Zeit meines

Todes, so sehr interessiert mich meine Geburt, ich will sehen, was sie in der Welt aufführen, die ich gerade verlasse. Ich sehe, wie auf meiner Brust eine Hand etwas befestigt oder auch entfernt. Hände mühen sich mit verschiedenen Drähten. Doch meine Position verändert sich im Verhältnis zur Lichtquelle stark. Nicht nur, dass ich mich anscheinend darauf zubewege, buchstäblich darauf zurutsche, ich werde durch die enorme Kraft auch umgewendet. Der Raum scheint gleichmäßige Rippen oder Falten aufzuweisen. Der ovale Eingang der Höhle verschwindet. Noch zwei Hände lümmeln sich auf meinen Brustkorb. Ihr Gewicht spüre ich nicht, aber mir ist vollkommen klar, dass sie mir jetzt die Rippen brechen. Ich sehe, wie ein menschlicher Schatten auf mir hockt, sehe, wie er mit beiden Händen das ganze Gewicht seines Körpers in mich hineindrückt. Vielleicht der Famulus, denke ich. Im eiskalten Licht der Neonröhren blicke ich aus meinem Tod heraus.

Bis zum Bauch sah ich an mir herunter.

Mantegna stellt den entkleideten Leib Christi von den riesigen, nackten Sohlen aus gesehen in perspektivischer Verkürzung dar. Aus solch stark, fast parodistisch verkürzter Perspektive blickte ich auf meinen eigenen Körper, wie er auf den Riesenquadraten des Fliesenbodens lag.

Das war seltsam, denn mein Blickwinkel war etwas höher, als meine Lage auf dem Boden es erlaubt hätte. Davon überzeugte sich mein zögerndes Bewusstsein genauestens, weil es aufgrund der Ungewöhnlichkeit des Erlebnisses nach Informationen zu seiner Erklärung suchte, und es war auch nicht klar, wohin, in welche Schublade der Erinnerung, es als Erfahrung einzuordnen sei. Es war ganz so, als würde ich etwas von einem höheren Punkt aus fotografieren, als ich es sah. Die zur Erklärung des Phänomens notwendigen Stichworte fehlten im Bewusstsein. Bis zu einem gewissen Grad war selbst die Fähigkeit zur ironischen Betrachtung erhalten geblieben. Sogar die Fähigkeit, wie ein Fotograf zu sehen, war noch erhalten. Mit wohlwollender Nachsicht beobachtete ich die beflissenen Hände, die Behaarung auf ihnen, die emsige Aktivität meines Bewusstseins, meine unerklärliche optische Täuschung. Aber dieser gemessen an der Realität zu hohe Blickpunkt entsprach der Perspektive jenseits der begrifflichen Welt.

Mit sanfter Ironie blickst du zurück. Es hat keine Eile, denn du wirst es so enträtseln, wie du dich real von deinem Leben entfernst, in diesem Tempo und auf diesen Ebenen.

Das Zurückblicken vereint unterschiedliche Perspektiven des Bewusstseins in sich.

Jetzt endlich kannst du die verschiedenen Bewusstseinsebenen in ihrer Konjunktion sehen.

Die Strukturen des vorsprachlichen Zustands oder der reinen Anschauung sind jetzt synchron mit den Bezeichnungen, die den körperlichen Prozessen zugeordnet sind, allerdings decken diese sich nicht immer und nicht vollständig mit den Inhalten. Der Blick eines Außenstehenden war mir mein ganzes Leben lang eigen und wird mich, sieh da, auch weiterhin begleiten. Mangels eines Körpergefühls erlebe ich mich als Seele. Doch mein so genanntes Bewusstsein, das mich ebenfalls ein Leben lang begleitet hat und mir nun jenseits des begrifflichen Denkens ein ganzes reiches und geordnetes Arsenal an philosophischen, soziologischen, theologischen, psychologischen und anthropologischen Begriffen zur Verfügung stellt, hatte nur an den weltlichen Erfahrungen der Seele teil. Das kosmische Wirken der Schöpfungskraft blieb ihm verborgen. Wenngleich die Seele sich unablässig daran erinnerte. Was aber ein Leben lang vom Erinnerungsmechanismus des körperlichen Seins verdeckt wurde. Die Schöpfung ist nicht symmetrisch. So viel neue Erfahrung passt noch bequem in mein Bewusstsein.

Doch die Kraft wendete mich noch einmal um, gab mir erneut einen Stoß, drehte mich geschmeidig und brachte mich damit dem Licht wieder ein Stück näher.

Aber ich sollte das Licht, das mich hätte blenden und verschwimmen lassen können, nicht erreichen.

Ich möchte betonen, dass ich mich nicht gerade aus der Tiefe auf das Licht zubewegte, sondern mich dabei drehte.

Als würde mich ein Schraubengewinde weiterbefördern. Ich glaube, ich vollführte insgesamt zwei volle Drehungen, doch nicht auf einmal. Zweimal schien sich mein Blickwinkel zu verschieben. Die geteilte Bewegung vermittelte mir zwar ein Bild, bewirkte aber keine selbständige körperliche Empfindung. Im Vergleich zum vorhergehenden Zustand, dem Urzustand, war sie von einer Unruhe und Spannung unbekannter Herkunft begleitet; allerdings könnte ich nicht behaupten, dass es sich um eine körperliche Empfindung handelte. Meine Erinnerung hat ein Bild bewahrt, das sich relativ zur Lichtquelle von unten nach oben bewegt, sich langsam dreht und dann zum Stillstand kommt. Ich sehe den ovalen, stark gekräuselten Eingang der Höhle. Dann beginne ich wieder in dem Gewinde voranzugleiten, die Lichtquelle taucht unter, woraus sich nachträglich schließen lässt, dass ich mich in dem Raum, den mir mein Bewusstsein als Höhle darstellt, von links nach rechts bewege. Zwischen den beiden deutlich voneinander getrennten Bewegungen, der Drehung und der Annäherung, entsteht eine kurze Pause. Eine Stockung. Bis mich die Kraft erneut mit sich reißt und unablässig dreht und stößt, auf das Licht zu.

Unter der Neonbeleuchtung des Krankensaals wieder die zwei Menschengestalten, über mich gebeugt. Die dritte, die große Krankenschwester, hielt sich im Hintergrund, von wo aus sie misstrauisch beobachtete, was diese beiden jetzt wohl mit mir anstellen würden. Auf ihren in den Schatten getauchten Gesichtern wurde die professionelle Aufmerksamkeit vom Ausdruck elementaren, nicht zu bändigenden Glücks abgelöst. Sie lachten auf und hoben ihre Köpfe in das grelle Licht.

Was bedeutete, dass ich wieder da war.

So beendete ich eben noch schnell den begonnenen Satz. Ich nannte meine Telefonnummer.

Das erwies sich als wirkungsvoll, ich wusste, was ich tat, die Große kreischte vor Überraschung auf.

Meine Dreistigkeit bereitete mir sogar Vergnügen.

Nun freuten sie sich darüber, dass ich bei Bewusstsein war, meine Gehirnzellen also nicht abgestorben waren. Ihr erneuter Freudenausbruch machte mir klar, dass ziemlich viel Zeit vergangen sein dürfte.

Allerdings zitterte mein Körper infolge der starken Stromschläge unkoordiniert. Haut und Haare auf meiner Brust rauchten buchstäblich. Man hatte mir den Stempel der Reanimation ins Fleisch gebrannt. Ich zappelte, trat und schlug um mich, sosehr ich auch wollte, ich konnte meine Glieder nicht im Zaum halten. Jede Bewegung, jedes Wort und jeder Atemzug, das ganze bloße Dasein war von dem scharfen Schmerz begleitet, der von meinen gebrochenen Rippen ausging.

Mit klappernden Zähnen bat ich die große Krankenschwester, die sich mit ihrem ganzen Körper über mich beugte, sie möge mir helfen, dieses Zittern irgendwie abzustellen. Darum soll ich mich nicht kümmern, sagt sie. Um gar nichts soll ich mich kümmern. Sie werden jetzt alles schön in Ordnung bringen.

Ich glaube, klapperte ich, meine Unterhose ist nass geworden. Wovon, weiß ich nicht.

Der Geruch des verbrannten Fleisches war eingerahmt von ihrem erschütterten Schweigen. Da begriff ich, dass ich infolge der elektrischen Schläge eingenässt hatte.

Ich soll mich um nichts kümmern, um gar nichts.

Sie simulierten Ruhe, ihr persönliches Glücksgefühl verbargen sie hinter ihrer beruflichen Würde. Schnell entfernten sie die Geräte, die sie für die Wiederbelebung benötigt hatten, hielten sie aber in Bereitschaft. Die

Sache war noch keineswegs gelaufen. Zähneklappernd fragte ich den Arzt, was geschehen sei, und als ich die frische Brandwunde berührte und der Schmerz meinen Zeigefinger zurückzucken ließ, wollte ich wissen, ob ich reanimiert worden sei. Das Fremdwort ging ihm unter die Haut, er hatte gerade hinausgehen wollen, verlegen blickte er sich um, dieser Grad von Bewusstheit war zu viel für ihn. Er packte das Bett mit beiden Händen, als wollte er es statt meiner durchschütteln. Ich betrug mich nicht so, wie es sich für einen Sterbenden gehört. Fast beleidigt antwortete er, ja, allerdings, man habe mich reanimiert, in der Tat. Ich fragte, wie viel Zeit vergangen sei. Ich wollte selbst wissen, ob mein Bewusstsein tatsächlich klar war. Er überlegte, versuchte sich zusammenzureißen. Dreieinhalb Minuten, antwortete er.

Seine Antwort war überzeugend, anders hätte sie nicht lauten können. Entsprechend den Regeln seines Berufes hatte er etwas Beliebiges gesagt, aber ich sah ihm an, dass er es letztlich nicht sagen konnte oder wollte. Möglich, dass es nur zwei Minuten waren, vielleicht auch mehr als sechs. Mehrere Millionen Jahre sind innerhalb von dreieinhalb Minuten vergangen. Wenn Tod und Geburt eines Menschen sich berühren, vollzieht sich das Ereignis der Schöpfung.

Erst viel später wurde mir klar, was geschehen war, als ich wieder nach Hause kam.

Diese Höhle war nämlich auf irgendwie vertraute Art zart gerippt. Ich schien in meinem Hirn zu kramen, aber nicht nur ohne eine Spur des Bekannten zu finden, sondern auch ohne überhaupt sagen zu können, was ich eigentlich suchte. Die in Umrissen erkennbaren, bekannt wirkenden Rippen konnte ich nicht vergessen. Mir schien, als habe mich die Kraft in einem zart gerippten Rohr mit sich gerissen. Es genügte, daran zu denken, und schon nahm sie mich wieder mit sich fort. Ein zeitloses und unendliches All, das mich mit seinen Rippen umschließt, führt zum Licht. Vielleicht wäre es richtiger, von Falten, von einer Vielzahl feiner Falten zu sprechen. Ich bewegte mich nicht gerade, sondern ein wenig von unten, sozusagen an meinem Kopf ansetzend wendete mich die Kraft um und beförderte mich so den leichten Anstieg hinauf. Zweimal wendete sie mich um, genauer gesagt.

Davon habe ich keine Körperempfindung, sondern ich sehe sie gleichsam. Ich sehnte mich nach dem Ort zurück, wo Körperempfindung Abstraktion sein kann. In dem Raum, der eine gerippte, eine zart gerippte Oberfläche hatte, wendete mich die Kraft am Kopf um und bewegte mich auf den Ausgang oder auf den Eingang zu. Wer weiß.

Der Eingang hatte die Form eines stehenden Ovals. Ein sacht gestrecktes Oval, stark nach rechts gezogen. Man könnte auch sagen, dass seine rechte Seite weiter geöffnet war als seine linke. Die Öffnung war nicht symmetrisch. Auf der linken Seite war die ovale Form deutlicher erkennbar. Während mich die Kraft darauf zubewegte, spielte sich in meinem offenen Bewusstsein noch eine ungeheure Menge anderer Dinge ab, es schien sich noch ein wenig mehr geöffnet zu haben. Ich wusste, wenn ich diese Grenze zwischen Dunkelheit und Licht überschreite, gibt es kein Zurück mehr. Ich hätte aber nicht sagen können, ob es sich um meine Geburt oder um meinen Tod handelte. Ein Stück lag noch vor mir, ich konnte den Ausgang nicht erreichen.

Anderntags brachte man mich zu Mittag auf die Herzchirurgie. Ich bemühte mich, alles so zu machen, dass man zufrieden mit mir sein konnte, aber ich war nicht da.

Als man mich einige Tage später nach einem kleineren chirurgischen Eingriff entließ, versuchte ich in jene Umwelt zurückzukehren, die der Mensch unter großen Zweifeln das diesseitige Leben nennt. Ich bemühte mich, zu den einfachsten, grundlegenden Verrichtungen zurückzufinden, neu zu lernen, was ich vom Jammertal wusste. Ich staubsaugte. Staub, Teppich, Polster, ich bemühte mich, sie in ihrem realen Sein ernst zu nehmen. All das war ziemlich seltsam.

Nachdem jemand gewaltsam zurückgeholt worden ist, geht ihn nichts mehr etwas an. Weder die Gegenstände noch die anderen Menschen, weder das eigene Wissen noch die eigene Lebensgeschichte, nichts. Gefühle gibt es, wenn man sich in den Finger sticht, tut es weh, aber es geht einen nichts an.

Vielleicht die Substanz des Himmels, seine Farbe. Die Umrisse einer Pflanze, die Erinnerung an ein früheres Parfum Magdas, ausgelöst vom Geruch ihres jetzigen, der Flug eines Vogels, eher die nicht greifbaren Dinge, sonst nichts, absolut nichts.

Man weiß, was zu tun ist, damit es die anderen akzeptieren, aber jede Beziehung muss neu geschaffen werden, indem man sich selbst Gewalt antut. Nicht den Platz der Dinge in der Struktur sehen, sondern die Dinge, die von den anderen für real gehalten werden. Die grobe Riffelung des Staubsaugerschlauches mit deinen Fingern spüren.

Aber es ist ja vollkommen klar.

Wieder einmal hatte es genügt, daran zu denken, damit es mich mit sich riss. Ich rutschte aus dem Uterus meiner Mutter in den Geburtskanal, und damit war es vorbei mit dem Urzustand, zu dem ich im Moment meines Todes zurückgekehrt war.

Mir ging es wie einem, der dank eines anschaulichen Vergleichs den wirklichen Ort des Geschehens erkennt.

Die ovale Öffnung waren die auseinandergezogenen großen Schamlippen meiner Mutter, die ich aus der Perspektive des Geburtskanals kenne, die großen Schamlippen meiner vor Jahrzehnten verstorbenen Mutter, wie sie auseinandergezogen wurden oder sich dadurch, dass ich näher kam, um geboren zu werden, immer mehr dehnten.

Auf diese Art wird das Licht auf Entbindungsstationen von matten Fensterscheiben gefiltert.

Lange wagte ich mich nicht aus der Wohnung, weil es mir schwerfiel, die reale Existenz der Dinge ernst zu nehmen, da ich ihr Wesen nun einmal zu kennen glaubte. Ich bat meine Frau, zehn Kleiderbügel zu kaufen, die besten, schönsten und teuersten, damit ins Krankenhaus zu gehen und die große Krankenschwester aufzusuchen. Wenigstens Kleiderbügel soll sie nicht mehr suchen müssen.

Weitere Titel

Aufleuchtende Details

Buch der Erinnerung

Der eigene Tod

Der Lebensläufer

Die Bibel

Ende eines Familienromans

Freiheitsübungen und andere Kleine Prosa

Leni weint

Liebe

Minotauros

Ohne Pause

Parallelgeschichten

Schauergeschichten

Schreiben als Beruf

Von der himmlischen und der irdischen Liebe